N° d'Éditeur : 10046417 - (III) - (14) - CSBPC - 170
Dépôt légal : mai 1998
Impression et reliure : Pollina s.a., 85400 Luçon - n° 74480-E
Conforme à la loi n° 49-956 du 16 juillet 1949
sur les publications destinées à la jeunesse.
ISBN : 2-09-202104-4
© Éditions Nathan (Paris-France), 1997

LE PETIT
CHAPERON ROUGE

Conte de Grimm
Illustré par Jean-François Martin

LYCÉE FRANÇAIS

CHICAGO
NATHAN

Il était une fois une charmante petite fille
que tout le monde aimait au premier regard.
Sa grand-mère qui l'adorait plus que tous lui avait
donné un petit chaperon de velours rouge.
Comme il était joli ! Comme il lui allait bien !
La fillette ne voulut plus porter autre chose
et on l'appela désormais le Petit Chaperon rouge.

Un jour, sa mère lui dit :

– Tiens, Petit Chaperon rouge, voici un morceau
de galette et une cruche de vin. Porte-les à
ta grand-mère, qui est malade. Elle va se régaler !
Pars tout de suite, avant qu'il ne fasse trop chaud.
Sois bien sage en chemin et ne cours pas à droite
et à gauche, ou tu vas tomber et casser la cruche.
Et puis, n'oublie pas de dire bonjour en entrant,
et ne regarde pas dans tous les coins !

– Je ferai bien attention à tout, promit le Petit
Chaperon rouge en disant au revoir à sa maman.

La grand-mère habitait à une bonne demi-heure du village, tout là-bas, dans la forêt. Et la fillette était à peine entrée dans la forêt qu'elle rencontrait le loup. Comme elle ne savait pas quel méchant animal c'était, elle n'eut pas peur du tout.

– Bonjour, Petit Chaperon rouge, dit le loup.

– Bonjour, loup.

– Où vas-tu de si bon matin ?

– Chez ma grand-mère, qui est malade. Je lui apporte du vin et de la galette.

– Et où habite-t-elle, ta grand-mère, Petit Chaperon rouge ? demanda le loup.

– Plus loin dans la forêt, à un quart d'heure d'ici, sous les trois grands chênes, se trouve sa maison.

Tout en faisant un bout de chemin avec le Petit Chaperon rouge, le loup pensait : « Un vrai régal, cette fillette. Tendre et dodue comme il faut ! Elle sera bien meilleure que la grand-mère.

Ah, vraiment ! il faut que je trouve une ruse pour les dévorer toutes les deux. »

– Comment ? dit-il soudain en s'arrêtant. Tu ne
regardes même pas toutes ces jolies fleurs dans
le sous-bois ! On dirait aussi, Petit Chaperon rouge,
que tu n'entends pas les oiseaux ! Mais profite
donc de la forêt ; tout est tellement gai ici !

Le Petit Chaperon rouge leva les yeux et vit danser
les rayons du soleil entre les arbres, et puis partout,
partout des fleurs qui brillaient. « Si j'en faisais
un bouquet pour grand-mère, se dit-elle,
cela lui ferait plaisir ; il est tôt, j'ai bien le temps
d'en cueillir. » Et elle quitta le chemin pour chercher
des fleurs dans le sous-bois : une par-ci, l'autre par-là,
la plus belle était toujours un peu plus loin, et encore
plus loin à l'intérieur de la forêt.

Le loup, pendant ce temps, courait tout droit
à la maison de la grand-mère et frappait à la porte :
– Qui est là ? cria la grand-mère de son lit, car
elle était trop faible pour se lever.
– C'est le Petit Chaperon rouge, dit le loup ;
je t'apporte de la galette et du vin, ouvre-moi !
– Tire la bobinette et la chevillette cherra !
Le loup tira le loquet, poussa la porte, courut
au lit de la grand-mère et la mangea. Puis il mit sa
chemise de nuit, s'enfouit la tête sous son bonnet
de dentelle, se coucha dans son lit et tira les rideaux.

Le Petit Chaperon rouge avait couru de fleur
en fleur, et son bouquet était maintenant si gros
qu'elle pouvait à peine le porter. Alors elle pensa
à sa grand-mère et se remit bien vite en chemin
pour aller chez elle. La porte était ouverte.
Quand elle fut dans la chambre, elle eut une drôle
d'impression. Tout lui semblait bizarre !
Elle dit bonjour, mais comme personne ne répondait,
elle s'avança jusqu'au lit et écarta les rideaux.
La grand-mère était là, couchée, avec son bonnet
qui lui cachait presque toute la figure. Elle avait
un air étrange…

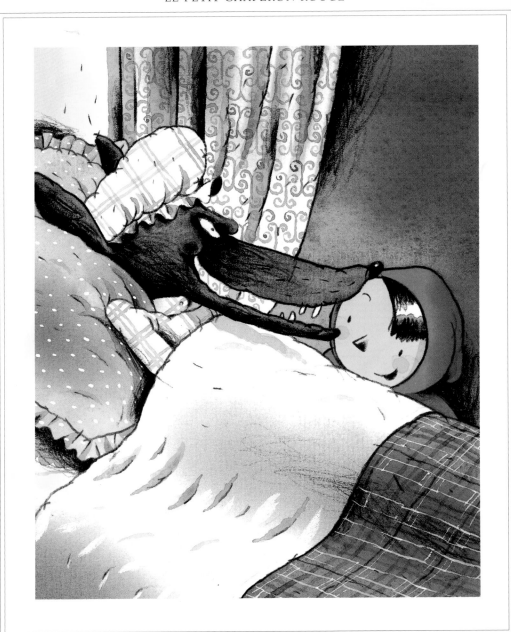

– Oh ! grand-mère, comme tu as de grandes oreilles !

– C'est pour mieux t'entendre, mon enfant.

– Oh ! grand-mère, comme tu as de grands yeux !

– C'est pour mieux te voir, mon enfant.

– Oh ! grand-mère, comme tu as de grandes mains !

– C'est pour mieux te prendre, mon enfant.

– Oh ! grand-mère, comme tu as de grandes dents !

– C'est pour mieux te manger ! dit le loup qui bondit
hors du lit et avala le pauvre Petit Chaperon rouge.

Repu, le loup retourna se coucher et s'endormit.
Il se mit à ronfler si fort qu'un chasseur qui passait
devant la maison l'entendit.
« Comment se fait-il que la vieille femme ronfle
si fort ? se dit-il. Allons voir si elle n'a besoin de rien. »
Il entra et vit le loup couché dans le lit.
– C'est ici que je te trouve, vieille canaille !
dit le chasseur en épaulant son fusil. Voilà un
moment que je te cherche !...

Et il allait tirer quand, tout à coup, l'idée lui vint
que le loup avait pu manger la grand-mère
et qu'il était peut-être encore temps de la sauver.
Il reposa son fusil, prit des ciseaux et se mit à ouvrir
le ventre du loup endormi. Au deuxième ou troisième
coup de ciseaux, il vit le chaperon de velours rouge
qui luisait ; encore deux ou trois coups de ciseaux,
et la fillette sautait dehors en s'écriant :
– Oh, là, là, comme j'ai eu peur ! Il faisait si noir
dans le ventre du loup !
Peu de temps après, la vieille grand-mère sortait
à son tour : c'est à peine si elle pouvait respirer !

Le Petit Chaperon rouge courut chercher de grosses pierres et en remplit le ventre du loup. À son réveil, il voulut s'enfuir, mais les pierres pesaient si lourd qu'il s'affala et tomba mort sur le coup.

Tout le monde était content ; le chasseur prit la peau du loup et la grand-mère se remit de ses émotions en mangeant la galette et en buvant le vin. Quant au Petit Chaperon rouge, elle avait eu tellement peur qu'elle se jura d'être plus raisonnable : c'était sûr, à l'avenir, plus jamais elle ne quitterait le chemin pour aller courir dans les bois !

Regarde bien ces images de l'histoire.
Elles sont toutes mélangées.
Amuse-toi à les remettre dans l'ordre !